AF299605

INSTITUT ROYAL DE FRANCE.

ACADÉMIE FRANÇAISE.

DISCOURS

DE

M. LE Bon PASQUIER,

PRONONCÉ DANS LA SÉANCE PUBLIQUE DU 8 DÉCEMBRE 1842;

EN VENANT PRENDRE SÉANCE A LA PLACE

DE M. FRAYSSINOUS.

PARIS,

TYPOGRAPHIE DE FIRMIN DIDOT FRÈRES,
IMPRIMEURS DE L'INSTITUT, RUE JACOB, 56.

1842.

ACADÉMIE FRANÇAISE.

DISCOURS

DE

M. LE Bon PASQUIER,

PRONONCÉ DANS LA SÉANCE PUBLIQUE DU 8 DÉCEMBRE 1842;

EN VENANT PRENDRE SÉANCE A LA PLACE

DE M. FRAYSSINOUS.

PARIS,

TYPOGRAPHIE DE FIRMIN DIDOT FRÈRES,

IMPRIMEURS DE L'INSTITUT, RUE JACOB, 56.

1842.

ACADÉMIE FRANÇAISE.

M. le baron PASQUIER, ayant été élu par l'Académie française à la place vacante par la mort de M. FRAYSSINOUS, y est venu prendre séance le 8 décembre 1842, et a prononcé le discours qui suit :

MESSIEURS,

Près de dix mois se sont écoulés depuis le jour où vos suffrages m'ont appelé à l'honneur de prendre place au sein de cette illustre compagnie ; et ce long retard dans l'usage d'un droit aussi précieux me fait éprouver le besoin de vous en dire les motifs. Des devoirs impérieux m'ont d'abord commandé d'attendre la fin de la session législative, et, depuis, une tristesse trop juste, trop profonde, trop universellement sentie, a plané sur la France, pour qu'il me fût possible, sans un nouveau délai, de me livrer avec une suffisante liberté d'esprit au cours des idées qui me doivent inspirer en ce moment. Je n'hésite pas d'ailleurs à penser que, si j'avais voulu me hâter davantage, vous n'auriez pas été plus disposés à m'entendre que je ne me serais alors trouvé en état de m'exprimer comme il convient dans cette enceinte.

Je ne m'arrêterai pas longtemps, Messieurs, sur la reconnaissance que je vous dois, et dont personne ne saurait douter. Cet honneur que je tiens de vous et dont je jouis en ce moment n'at-il pas toujours été, et ne sera-t-il pas toujours, l'un des plus justement enviés?

Depuis plus de deux siècles il est la digne récompense des travaux auxquels se sont livrés les esprits éminents qui ont brillé tour à tour dans la carrière des lettres, et dont les précieux ouvrages, après avoir charmé les contemporains, sont destinés à vivre dans la postérité et à traverser les âges. Tels sont en effet les titres qui abondent dans les œuvres de vos devanciers, et qu'on se plaît à retrouver dans les vôtres. Il est donc juste et simple que vous vous demandiez, alors qu'il s'agit de réparer l'une des pertes qui vous affligent trop souvent, si celui qui se hasarde à solliciter vos suffrages se recommande suffisamment par quelques mérites qui ne seraient pas à une trop grande distance de ceux que je viens de rappeler.

Mais ces mérites, vous ne les renfermez point dans les limites que pourraient vouloir leur assigner des aperçus trop étroits. Vous suivez l'esprit humain dans sa marche, vous l'encouragez sur toutes les voies où vous le voyez s'avancer avec succès. Dans les luttes de la vie publique comme dans celles du barreau, comme dans les paroles que la chaire fait entendre; partout enfin où vous reconnaissez le talent de bien dire, de bien écrire ce qui a été bien pensé; partout où ce talent se recommande par les résultats auxquels il parvient, vous trouvez bon qu'il puisse espérer que vos rangs ne lui seront pas toujours fermés.

Quelquefois même vous avez encore été plus loin, et vous avez pensé que de certaines situations honorablement acquises, et qui témoignaient de quelques services rendus dans des carrières où le bien public veut qu'aucun encouragement ne soit refusé, pouvaient être dignes de la palme dont vous seuls avez le droit de disposer. En agissant ainsi, vous avez rendu plus sensible, je ne craindrai pas de le dire, la puissance que vous exercez au nom d'une littérature assez haut placée dans l'estime universelle pour qu'il lui appartienne de mettre un dernier sceau à toutes les existences comme à toutes les renommées.

Cette faveur si grande n'a été accordée cependant que sous une condition dont ne furent jamais dispensés aucuns de ceux qui l'ont obtenue : il a toujours fallu qu'aucun doute ne pût être élevé sur leur amour pour les lettres, sur leur zèle pour tout ce qui doit en assurer, en accroître la splendeur. Cette condition du moins n'est pas de celles qui m'auraient effrayé; et si, pour y satisfaire, des témoignages m'avaient été nécessaires, je serais venu, Messieurs, les chercher au milieu de vous, avec la confiance que de bienveillants souvenirs ne m'y seraient pas refusés.

Mais c'est assez parler de moi; et je me hâte d'arriver à la partie de mon sujet où votre intérêt ne peut manquer de m'encourager, de me soutenir.

Il est des circonstances qui se remarquent peu dans la vie d'un homme ordinaire, mais qu'on se plaît à recueillir quand elles laissent apercevoir les premiers indices d'une belle destinée, d'un grand avenir; M. l'évêque d'Hermopolis était originaire du département de l'Aveyron, de l'une de ces contrées où une nature forte et sévère donne volontiers aux hommes qu'elle produit un caractère sérieux et méditatif, qui les rend éminemment propres aux fonctions du saint ministère et à l'accomplissement des devoirs qu'il impose. Aujourd'hui même, à l'heure où je parle, l'Église de France ne compte-t-elle pas dans son sein trois archevêques dont l'un est revêtu de la pourpre, et quatre évêques qui sont tous nés et ont reçu leur première éducation dans les mêmes lieux où s'écoula la studieuse jeunesse de M. Frayssinous?

Issu d'une famille honorable et l'aîné de cette famille, il était naturellement appelé à profiter des avantages que lui assurait cette situation; mais aussitôt qu'il fut en âge de faire un choix, sa vocation se déclara pour l'état ecclésiastique, et elle le conduisit à Paris, où il entra dans une communauté que dirigeaient les prêtres de Saint-Sulpice. Il fut ordonné prêtre en 1789, à la veille, par conséquent, du rude combat qui allait bientôt s'engager entre l'esprit novateur de cette époque, et l'attachement aux principes et aux devoirs religieux dont le clergé ne pouvait se départir. On ne sait que trop à quelles persécutions ce combat vint aboutir.

M. Frayssinous n'avait encore rempli aucune des fonctions pour lesquelles le serment, demandé au nom de la constitution civile du clergé, fût alors exigé; et lorsque l'orage révolutionnaire éclata dans toute sa violence, il put y échapper en regagnant sa terre natale. Les montagnes du Rouergue lui offrirent, au sein de sa famille, un asile qu'il partagea avec un parent, avec un ami, ecclésiastique comme lui, qui fuyait devant les mêmes dangers, dont la vie (M. Frayssinous me saurait gré de rappeler ce souvenir) s'est dès lors presque entièrement associée à la sienne, et qui déjà l'a rejoint dans un autre monde. C'était M. l'abbé Boyer, dont la modestie n'a jamais voulu franchir les bornes de l'enceinte où il s'est, avec tant de succès, consacré aux travaux de l'enseignement ecclésiastique. Dans cet asile, dans cette profonde retraite, et dans la société d'un tel ami, les méditations du jeune prêtre durent prendre naturellement le caractère qui s'est depuis manifesté dans tous les actes de sa vie. Quel temps, en effet! et quelle matière n'offrait-il pas aux réflexions d'un esprit qui était encore capable de le considérer d'un œil ferme, et de le juger avec toute la plénitude de sa raison! Il était impossible que la férocité toujours croissante de tant de scènes à jamais déplorables et répétées en tant de lieux, au nom d'une liberté qu'elles déshonoraient, ne soulevât pas dans les âmes indignées des ressentiments qui iraient enfantant chaque jour de nouvelles calamités. Contre de tels maux, contre un tel danger, aucun secours ne pouvait être plus efficacement invoqué que celui de la religion : oppresseurs et opprimés, elle parlerait à tous au même titre, avec même autorité, avec même bonté. Ne devait-elle pas toujours en effet, cette religion de paix, se montrer patiente et miséricordieuse ? Ne devait-elle pas toujours tendre la main aux faibles, courir après les égarés, et tenter de ramener même les plus coupables ? Ne voulait-elle pas, surtout, que rien ne fût épargné pour préserver les cœurs dont l'innocence n'était point encore pervertie ?

Ce peu de mots doit suffire pour indiquer la voie qui s'offrit aussitôt à la pensée de M. Frayssinous, et où la solidité de son esprit, où les lumières de sa conscience n'ont jamais cessé de l'affermir.

Lorsque le terme fut enfin venu de l'époque la plus violente dans la terrible crise où se voyait engagée la société française tout entière, il lui fut permis de se consacrer aux modestes fonctions d'un vicariat dans la commune qu'il habitait. Son séjour n'y fut pas de courte durée : huit années de sa vie s'y sont écoulées ; et il ne faudrait pas se plaindre de la longueur d'une retraite aussi profonde, car elle a été très-favorable aux études qui l'ont si bien préparé à la mission qu'il devait incessamment remplir. On croit que le plan de ses conférences fut, dès cette époque, arrêté dans son esprit.

Rappelé dans la Capitale pour concourir, en 1801, avec les prêtres du séminaire de Saint-Sulpice, à l'instruction supérieure qui se réorganisait au sein des études théologiques, M. Frayssinous y arriva dans des circonstances qui ressemblaient peu à celles où il s'était vu obligé d'en sortir ; le pouvoir était enfin redevenu pro-

tecteur, et il offrait un abri à tous ceux qui consentaient à le reconnaître, à se ranger sous sa loi: un besoin de pacification géné-
rale avait pénétré dans le plus grand nombre des esprits, mais les
moyens pour y parvenir laissaient encore beaucoup à désirer.

Dans cette France où tout était si admirablement disposé pour
le développement de la force des armes et de la puissance qui
allait incessamment marcher de conquêtes en conquêtes, le prodigieux génie que la gloire et la fortune portaient avec tant de
rapidité à un rang déjà si voisin du rang suprême n'avait rien
trouvé qui fût préparé, je ne dirai pas suffisamment, mais avec la
moindre apparence d'efficacité, pour le rétablissement de cet ordre
tutélaire, premier besoin des sociétés, et dont l'absence, depuis
dix années, se faisait si cruellement sentir; l'incurie ou l'impuis-
sance avaient donc été complètes sur ce point capital, jusqu'au
jour où le Premier Consul entreprit enfin la grande œuvre de
porter remède à un si grand mal. Il y avait déployé la vigueur
qui le caractérisait dans toutes les résolutions où sa conviction était
forte et profonde, et le succès n'avait pas manqué à ses efforts ;
mais il avait bientôt compris que ce succès courrait le risque de
n'être que très-éphémère si les principes qui pouvaient seuls en
assurer la durée n'étaient incessamment remis en honneur. Lorsque, pour construire le nouveau gouvernement qu'il entreprenait
de fonder, il travaillait avec tant de persévérance à réunir les élé-
ments de force et de vie qu'il trouvait épars çà et là dans les
ruines, comment ne se serait-il pas aperçu que le couronnement
manquait à son édifice, et que les conditions d'une véritable solidité
ne seraient point acquises à ses nouvelles créations, que le chef
de l'État lui-même serait mal assis dans son palais, aussi longtemps que le culte de Dieu, remis en possession de ses temples,
n'y serait pas placé sous la sauvegarde de l'engagement le plus so-
lennellement juré? On dut à cette heureuse conviction le concordat qui fut, en 1801, conclu entre la France et le Saint-Siége. Ce

traité, dont la valeur a été si grande, qui a si heureusement résolu la plus grave des difficultés qui pesaient alors sur l'exercice de la religion que professait, qu'à toujours professée l'immense majorité des Français, est une des gloires de Napoléon : et il est d'autant plus juste de la lui reporter tout entière, qu'aucun des actes de sa vie politique ne lui a peut-être, à aucune époque, plus complétement appartenu; que parmi les hommes qui tenaient la première place dans ses conseils, le nombre fut très-petit de ceux qui consentirent à entrer dans ses vues; qu'il eut même à surmonter des résistances assez vives, assez puissantes; et qu'il lui fallut ne tenir aucun compte de quelques dangers qui n'avaient pu échapper à sa vigilante attention.

Cette observation n'est point étrangère à mon sujet, car elle dénote une situation qui ne saurait être trop remarquée. Le mal qui travaillait à cette époque la société française était de telle nature, que le chef de l'État, si haut qu'il fût placé, ne pouvait, alors qu'il entreprenait d'y porter remède, se suffire à lui-même. Pour obtenir l'obéissance, il fallait d'abord qu'il fût suffisamment compris de ceux qu'il voulait soumettre à ses commandements : et comment y parvenir, aussi longtemps que de puissantes erreurs n'auraient pas été efficacement combattues, que de pernicieuses doctrines n'auraient pas été victorieusement réfutées, que d'aveugles passions ne seraient pas désarmées? Mais de tels résultats ne s'obtiennent ni par des décrets, ni même par des lois, et les plus énergiques volontés y rencontrent des obstacles qu'il ne leur appartient pas de surmonter; il leur faut des auxiliaires que le ciel heureusement tient en réserve dans sa bonté, et qu'il produit quand le jour en est venu. A ceux-là, à ces hommes puissamment inspirés, appartient le droit d'éclairer, de convaincre et d'entraîner. L'époque dont je rappelle la mémoire, non-seulement n'a pas manqué de ce secours, mais il lui a été magnifiquement accordé.

Tout a été dit sur le dix-huitième siècle; les louanges et les reproches lui ont été prodigués, et peut-être avec une égale justice. Un plus libre cours donné partout aux inspirations de la pensée humaine, et les heureux avancements qui en sont résultés dans les diverses voies de la civilisation ; le développement de beaucoup d'idées généreuses, et les salutaires adoucissements qu'elles ont amenés dans les lois comme dans les mœurs ; puis, enfin, les progrès qui ont été obtenus dans la science de l'administration, et le sensible bien-être qui en est résulté pour un si grand nombre d'individus, rien de tout cela ne saurait être méconnu. Mais d'autres résultats sont nés aussi de la complète indépendance accordée à des esprits qui en ont trop abusé, et de tristes égarements peuvent être imputés au temps qui les a produits. Il faut bien avouer la fatale influence des doctrines qui furent alors propagées ; et il serait impossible de nier la persévérance des attaques que, pendant la plus grande moitié de ce siècle, la religion chrétienne, et le catholicisme surtout, eurent à supporter de la part des hommes qui se décoraient du nom de philosophes, et dont plusieurs dominèrent dans les sciences et dans les lettres. La perversion dans le monde où leur action s'exerçait avec le plus de puissance, était arrivée à ce point que le bon goût et le bon ton semblaient y être attachés à une sorte de dédain pour toutes les croyances qui avaient jusqu'alors servi de base à la morale, et assuré la paix des consciences.

Sous peine de se montrer atteint d'une faiblesse d'intelligence qui serait par trop honteuse, on ne devait plus rien penser ni rien croire de ce qu'avaient cru les plus sages, les plus illustres de nos ancêtres. Cette maladie était dans toute sa force en 1789, et elle avait, en 1793, pénétré jusque dans les profondeurs du dernier des rangs de l'ordre social ; les ravages qu'elle y causa, les malheurs qui vinrent à leur suite, et tant de misères endurées, avaient bien été pour quelques-uns un utile avertissement, et ils auraient dû dessiller tous les yeux. Mais le mal était trop invétéré, et pour en

arrêter le cours, pour le combattre avec succès, avec autorité, il
fallait remonter à son origine et l'attaquer dans sa source ; il fallait
ne pas craindre de demander du secours là où les prétendus sages
affectaient encore de ne reconnaître aucun droit, de ne rien apercevoir qui fût digne de la moindre estime. Mais comment donner
le signal de ce retour si nécessaire dans des voies trop longtemps
désertées, et par où commencer ? Lorsqu'il s'agissait de ramener
les esprits à l'examen de ce qu'ils avaient si complétement méconnu ; lorsqu'on voulait leur inspirer le désir et même le besoin
de discuter, comme chose sérieuse, ce qu'ils s'étaient accoutumés
à ne regarder que comme chose puérile et ridicule, qui pourrait ne pas voir à quel point il devenait nécessaire de réveiller
d'abord le précieux souvenir des grandes actions opérées, et des
chefs-d'œuvre enfantés durant tant de siècles, par les hommes animés de cette foi sur laquelle tant de mépris avait été si folle-
ment jeté ? Ne fallait-il pas, surtout, en remettant en lumière tant
de secours portés à tous les genres d'infortunes par les ministres
de cette religion si dédaignée, tant de services rendus en son nom
à l'humanité souffrante, dans tous les âges, dans toutes les parties
du monde, faire rougir de leur ingratitude ceux qui avaient été
capables d'en perdre la mémoire ?

L'entreprise avait de quoi tenter tous les hommes de cœur et
de talent ; mais le tableau où elle se montrerait dans toute sa
grandeur ne pouvait être tracé que par la main d'un maître ; l'art
y devait épuiser toutes ses ressources, et, pour le rendre digne de
sa glorieuse destination, ce ne sera pas trop de toutes les richesses
d'une éloquence inspirée par l'imagination la plus féconde et la
plus poétique.

Un livre parut en 1801, et ce livre était l'ouvrage d'un homme
que la terre étrangère rendait enfin à sa patrie. Riche de tous
les dons qui viennent d'être indiqués, et jeune encore, il rapportait avec lui le trésor inépuisable des sensations vives, des ré-

flexions justes, solides et profondes dont il s'était pénétré, dont il s'était nourri dans le cours d'une vie déjà tant éprouvée, et qui toutes l'avaient conduit à la contemplation la plus sérieuse des hautes vérités que peut-être les forêts de l'Amérique enseignent mieux encore que ne le peuvent faire les plus doctes entretiens, dans les cités les plus populeuses et les plus florissantes.

Son nom, fort connu entre tant d'autres que la Révolution avait chassés devant elle, surgissait à peine dans le monde littéraire, et c'était lui, cependant, qui était appelé, qui était envoyé pour donner ce signal que je demandais il n'y a qu'un moment. Il allait se jeter au plus fort d'une mêlée où sa présence inattendue aurait apparemment quelque chose de providentiel; où ses armes, quelque puissantes qu'elles fussent, auraient besoin d'une protection, d'une inspiration venues de bien haut, et qui ne lui ont point été refusées.

Vous voyez bien, Messieurs, que je veux parler de l'auteur du Génie du christianisme. Entre tant de beaux livres dont l'esprit humain s'enorgueillit et qui ont eu le mérite et le bonheur de venir dans les temps qui leur étaient les plus propices, en connaît-on beaucoup, à aucune époque, en aucune circonstance, qui aient été à leur but aussi directement, aussi sûrement, qui l'aient atteint avec une promptitude aussi surprenante? L'impression qu'il produisit, ce livre si mémorable, surpassa les espérances de ceux-là même qui en avaient le mieux auguré. Le succès qu'il obtint s'étendit à toutes les classes de lecteurs, et malgré les efforts d'une critique passionnée qui ne comprit ni la valeur, ni la portée de ce qu'elle attaquait, il fut populaire dans toute l'étendue de ce mot comme dans sa meilleure acception. La France dut à ce succès le bonheur d'entrer dans une ère entièrement nouvelle et d'y entrer sous les plus brillants auspices; ce fut pour le puissant et précieux essor des idées morales et religieuses, une de ces époques de renaissance qui se laissent apercevoir de loin en loin dans l'histoire des sociétés et dans celle de toutes les connaissances humaines.

En écoutant cette partie du discours auquel vous voulez bien prêter votre attention, vous vous serez facilement aperçus, Messieurs, que je l'ai écrite sous une impression qui a dû être bien vive, puisque tant d'années qui se sont écoulées depuis ne l'ont point encore effacée; et il me serait, je l'avoue, difficile de croire qu'aucun de ceux qui m'entendent et qui ont été témoins du beau mouvement dont j'invoque le souvenir, soit tenté de m'adresser le reproche d'en avoir exagéré l'importance.

Les résultats ne se firent point attendre, et beaucoup d'esprits, libres enfin du joug qui leur avait été imposé, laissèrent bientôt connaître qu'ils commençaient à regretter des croyances qu'ils n'avaient point abjurées, puisqu'ils les avaient à peine connues, qui leur étaient échappées comme à leur insu, qu'on leur avait en quelque sorte dérobées; ce fut alors que dut commencer la tâche du prêtre chrétien, c'était à lui, et à lui seul, qu'il appartenait de profiter de ces heureuses dispositions, d'évangéliser, de convaincre ceux en qui elles se déclaraient. L'heure de M. Frayssinous était donc arrivée. Il monta en 1803 dans la chaire de Saint-Sulpice, et ouvrit les conférences auxquelles son nom est resté attaché. Aucune nature de controverse ne pouvait être plus applicable à l'état des esprits que celle où il les fit aussitôt entrer avec lui; il ne s'agissait pas sans doute de pactiser avec le siècle, mais, pour le combattre avec succès, il avait fallu l'étudier avec soin; pour le ramener, pour le réformer, il fallait choisir avec discernement le terrain sur lequel il était le plus abordable; il avait fallu, enfin, chercher et trouver le mode de discussion, la forme même de langage qui convenaient le mieux à l'espèce de lutte qui allait s'engager.

Le succès de M. Frayssinous répondit à la sagesse des vues auxquelles il s'était arrêté, et à la supériorité de talent dont il fit preuve et que personne ne fut tenté de contester; on vit donc bientôt se réunir au pied de sa chaire non-seulement la jeunesse studieuse qui abonde dans le quartier des études, mais celle encore qui, plus abandonnée aux plaisirs du monde, semblait devoir résister davantage à un enseignement si sérieux. L'une et l'autre se firent remarquer par la religieuse attention avec laquelle elles écoutaient ce nouveau maître.

La voix de M. Frayssinous avait ce ton d'autorité qui commande le respect, qui invite à la confiance. Toutes ses paroles respiraient cette conviction profonde et réfléchie qui est d'autant plus communicative qu'elle s'exprime avec plus de modération, et lorsqu'on voyait les rangs si pressés de ces jeunes hommes dont la foule s'assemblait autour de lui, il eût été difficile de ne pas reconnaître qu'il y avait dans ses discours quelque chose de merveilleusement adapté aux instincts de cet âge que les passions peuvent égarer, mais qui presque toujours se soumet assez volontiers, et même avec une sorte d'empressement, aux démonstrations qui ont un grand caractère de bonne foi. Des hommes d'un âge plus mûr, des hommes graves dans toutes les professions, dans toutes les situations, ne tardèrent pas à venir juger par eux-mêmes du mérite d'un enseignement dont le retentissement n'avait pu leur échapper, et le jugement qu'ils en portèrent fut une éclatante confirmation des impressions dont ils se trouvèrent environnés.

Ne se parant qu'avec une extrême réserve des ornements d'une éloquence qui aurait pu donner à sa parole un caractère trop mondain, et s'appliquant à ne chercher ses moyens de succès que dans l'exposé même de la doctrine antique et révérée dont le dépôt était confié à son ministère, M. Frayssinous était pourtant écouté avec cette curieuse attention qui ne s'obtient ordinairement que là où se rencontre le puissant attrait de la nouveauté; c'est qu'il racontait l'Évangile aux premiers jours du XIXe siècle, c'est qu'il parlait d'une religion révélée, de ses mystères, de sa morale et de

son culte divin, devant un auditoire qui ne pouvait plus se rappeler, sans un profond sentiment de honte et de tristesse, que des
Français avaient été condamnés à assister aux fêtes de la Raison,
et que naguère encore on avait entendu retentir sous ces mêmes
voûtes, où dominait enfin la voix de l'orateur chrétien, les misé-
rables chants de ce prétendu culte inventé par un homme assez
faible d'esprit pour croire qu'il lui appartenait de fonder une
religion. Quel prodigieux contraste! et que d'instructions devaient
en sortir, alors que tant de folles jactances, tant d'efforts impuis-
sants qui n'ont abouti qu'à mieux étaler les misères de l'orgueil
humain, étaient remplacés par cette imposante et solennelle discussion où le prêtre n'aspirait qu'à rendre toujours plus sensible
la puissance du Dieu dont il célébrait la gloire et les bienfaits.

Interrompues en 1809, lorsque vint à éclater si violemment la
triste mésintelligence qui subsistait déjà depuis trop longtemps
entre Napoléon et le Saint-Siége, reprises en 1814 et terminées en
1822, les conférences de Saint-Sulpice ont été réunies par M. Frayssinous lui-même en un corps d'ouvrage sous le titre parfaitement convenable de Défense du Christianisme. Qui pouvait avoir
mieux que lui le droit de mettre son nom à la suite d'un tel titre?

Quel que soit le mérite de cet ouvrage, il ne faudrait pas toute-
fois se laisser aller à croire qu'il rende les conférences telles qu'elles
ont été prononcées. Il en donne bien la substance, mais la crainte
d'être long s'y laisse un peu trop apercevoir, et surtout on ne re-
trouve pas suffisamment, dans ce nouveau texte, la trace des mouve-
ments si animés qui jaillissaient habituellement des morceaux impro-
visés et qui agissaient alors sur les auditeurs avec tant de puissance.
On ne se résout pas sans quelques regrets à cette consciencieuse observation; mais quand le devoir en est accompli, et quand on exa-
mine ensuite la grandeur et même l'immensité des objets, l'esprit
est saisi à la vue de tout ce qui a dû entrer dans ce recueil, où la
sage distribution des matières a donné à M. Frayssinous le moyen

de ne négliger aucune de celles qui se rattachaient au vaste plan qu'il avait conçu, où pas une des difficultés qui se rencontrent sur ses pas n'est éludée, où les règles de la foi sont établies sur leurs plus solides bases, où le dogme est toujours exposé et discuté avec une lumineuse franchise, où pas un précepte n'est omis de ceux qui sont le fondement de la morale la plus pure, où la religion enfin est toujours montrée d'accord avec les plus hautes intelligences et venant au secours des plus faibles ; rien n'y est omis, rien n'y est négligé ; les erreurs les plus accréditées, celles dont la contagion serait le plus à craindre, y sont toutes combattues et réfutées ; les questions les plus ardues, celles qui ont constamment préoccupé les sages de toutes les époques, ceux même de l'antiquité, y sont ramenées à leur terme le plus simple, et la solution en est toujours cherchée dans ces principes d'éternelle raison, d'éternelle justice, que le christianisme a fait triompher dans le monde.

Lisez sur le libre arbitre ce chapitre que M. Frayssinous ne craint pas de terminer par une belle citation de Jean-Jacques, de cet écrivain trop célèbre, pour me servir de son expression, et vous y verrez comment, après avoir fait justice du désolant système du fatalisme, après avoir montré à quel point la dignité de l'homme est agrandie par la faculté que lui a laissée son créateur de choisir librement entre le bien et le mal, il arrive à cette solennelle déclaration, que la liberté est un des attributs de la nature humaine ; mais cette vérité si féconde, n'était-ce pas la religion chrétienne qui l'avait seule enseignée au monde, qui seule en avait fait jaillir les conséquences au profit de tous les hommes sans exception ? Qu'elle est donc grande et belle la mission de l'orateur chrétien ! il ne parle pas en faveur de quelques-uns seulement, il prend en main la cause de la race humaine tout entière ; il ne parle pas seulement pour le jour, pour le lendemain, ni pour les quelques mois qui vont suivre ; les salutaires, les saintes maximes qu'il pro-

clame seront encore vraies dans mille ans, comme elles le sont au
moment où il les fait entendre; et si quelque chose du feu divin
qui animait les Ambroise et les Augustin a pénétré dans son âme, sa
parole, comme la leur, ne cessera jamais d'être invoquée. Combien
est moins sûre et moins heureuse à côté de celle-là, personne,
je l'espère, ne s'offensera de me l'entendre dire, la condition de
l'orateur que les intérêts du jour, que les affaires de l'État même
les plus grandes appellent à nos tribunes les plus élevées! quel que
puisse être le retentissement de sa voix, quel que soit l'accueil
favorable qui l'encourage, quel que soit même le témoignage qu'il
se rende d'avoir rempli de grands, d'impérieux devoirs, il faut qu'il
se résigne à voir ses plus belles inspirations retomber incessamment
dans l'oubli, heureux si la postérité, qui commence si vite pour
les hommes d'État, lui sait quelque gré d'efforts que le succès n'a
pas toujours couronnés, d'intentions que bien souvent les évé-
nements sont venus traverser avec leur inconstante brusquerie.
Pour les plus favorisés, le triomphe de leur éloquence les aura
menés à une élévation passagère dont trop souvent encore les jouis-
sances durent moins longtemps que les regrets qui la suivent.
Pour l'orateur chrétien rien de semblable n'est à craindre. Les
grandeurs qui le viennent quelquefois chercher n'étant point le but
auquel il aspire, il en doit être moins enivré, et les préoccupations
qu'elles lui causent ne sauraient être que très-fugitives, car il sait
que ce n'est point sur elles qu'il sera définitivement jugé. M. Frayssinous, au milieu des honneurs qui ne lui ont point manqué, fut-il
donc jamais plus grand aux yeux des hommes dont l'estime était
pour lui du plus haut prix, aux yeux de ses véritables pairs, qu'il
ne l'avait été dans ces jours où apparaissant à la chaire de Saint-
Sulpice, ignoré en quelque sorte de lui-même, et à peine aperçu
du pouvoir qui planait sur les destinées de la France, il réunissait
cependant autour de cette chaire tant d'esprits de toutes natures,
dont plusieurs étaient déjà versés dans tous les secrets des connais-

sances humaines, et qui tous, en venant auprès de lui, avouaient sur la première des sciences, sur celle de la religion, une ignorance qui leur pesait et dont ils voulaient enfin sortir ?

Voilà sa véritable gloire, et celle-là ne lui sera jamais contestée; il a marché à la tête de ce beau mouvement qui depuis ne s'est jamais ralenti, et qui, toujours entretenu par les travaux de ses dignes successeurs, ne cesse de pousser dans nos temples cette foule religieuse dont la présence assidue ne manque à aucune de leurs solennités.

La première des fonctions que M. Frayssinous eut à remplir en dehors des services religieux auxquels il s'était consacré, fut celle d'inspecteur de l'Académie de Paris. M. de Fontanes l'y avait fait appeler pour tempérer l'effet assez fâcheux qu'avait produit la suppression des conférences en 1809.

Dans les derniers mois de la même année, sur les instances de l'oncle de Napoléon, du cardinal Fesch, et sous sa présidence, M. Frayssinous assista, avec l'homme dont les lumières inspiraient alors le plus de confiance, avec M. Émery, supérieur général de Saint-Sulpice, aux délibérations d'une commission dont faisaient encore partie, avec deux autres cardinaux, des prélats du premier mérite. On y traitait, mais très-infructueusement, des plus hauts intérêts de l'Église, si gravement compromis dès cette époque. Une fatale aberration poussait Napoléon à méconnaître le prix de la bonne intelligence qu'il avait, en 1801, si heureusement rétablie entre la France et le Saint-Siége. Les excès auxquels cette erreur l'a poussé ne sont que trop connus, et ici je ne puis résister, Messieurs, au besoin de vous soumettre une réflexion qui me saisit.

Que reste-t-il de toutes les grandes choses accomplies par le plus grand capitaine des temps modernes ? Tout ce que son épée avait abattu et brisé, s'est relevé et s'est reconstruit; toutes les combinaisons de sa politique si vaste, si persévérante, si habile

dans sa témérité même, qui a d'un bout à l'autre remué l'Europe
de fond en comble, n'ont pas été seulement mises au néant, mais
elles en ont enfanté de toutes contraires, et cependant sa gloire a
survécu à ce grand naufrage de sa fortune; il le doit surtout, n'en
doutons pas, à la conservation de celles de ses œuvres dont le caractère fut éminemment pacifique, ce sont elles qui le recom-
mandent encore et qui le recommanderont toujours à la mémoire
reconnaissante d'une société qu'il a en quelque sorte reconstruite,
qu'il a replacée sur les seules bases où la civilisation se puisse
reposer avec pleine confiance; et en tête de ses œuvres d'un si
grand prix, comment ne placerait-on pas avec le Code civil, avec
la création de l'Université, ce Concordat dont la rigoureuse exécution lui a été si importune, qu'il aurait voulu faire fléchir devant toutes ses volontés, qu'il prétendait réformer, et contre lequel sa toute-puissance est venue se briser?

M. Frayssinous ne vit point s'écouler dans la Capitale les dernières années de l'Empire : ses montagnes l'avaient reçu encore une
fois. Il en fut naturellement ramené en 1814 et rouvrit au mois
d'octobre le cours de ses conférences; interrompues par la crise
de 1815, elles ne furent reprises qu'au mois de février 1816; mais,
dès le mois d'août précédent, le roi Louis XVIII lui avait donné
une marque de sa haute confiance : il l'avait appelé à faire partie
de la commission d'instruction publique qui devait exercer les
pouvoirs précédemment attribués au grand maître et au conseil
de l'Université.

Elle était présidée par l'un de vos plus illustres confrères, que
recommandait dès lors la plus précieuse réunion d'un grand talent et d'un caractère toujours fidèle aux règles de conduite qu'il
s'était posées, et qui ont dicté tant de belles paroles consacrées à
la défense des plus honorables, des plus justes causes, et dont plusieurs ont été prononcées dans des circonstances où de telles paroles étaient aussi de belles actions

La place du maître des conférences de Saint-Sulpice, de l'ins-
tituteur religieux dont la parole depuis plus de dix années s'était
montrée si puissante sur la jeunesse de la Capitale, était naturellement marquée à côté de celle de M. Cuvier, de M. de Sacy, et
d'un autre homme d'un rare mérite, dont la mémoire aussi est restée
chère à tous ceux qui l'ont connu, M. Gueneau de Mussi. Une telle
réunion devait tenir et a tenu tout ce qu'elle promettait. Éclairée par
la prudence et soutenue par la main ferme et habile du chef qui lui
avait été donné, elle a, dans une de ces époques de transition où la sage
mesure en toutes choses est si difficile à garder, conservé, défendu
avec persévérance le précieux dépôt qui lui était confié. L'instruction publique en ses mains n'a pas cessé d'être nationale ; et le prin-
cipe d'unité qui permet de lui imprimer partout la direction la
plus appropriée aux besoins du temps, et à ceux de la société qui
doit en recueillir les fruits, a été soigneusement maintenu. Sous
cette direction, les études se sont étendues et sont devenues plus
solides ; elles se sont aussi, de jour en jour, plus fortement empreintes des salutaires inspirations qui ne peuvent émaner que de
la religion, et dont M. Frayssinous enseignait la valeur avec tant
d'autorité.

Heureuse l'Université d'avoir reçu dès lors cette impulsion dont
ne l'ont jamais laissée dévier les hommes supérieurs qui ont été
depuis appelés à l'honneur de surveiller, de diriger ses utiles la-
beurs, et dont les lumières, dont les talents n'ont jamais été au-
dessous de la tâche qui leur était imposée.

M. Frayssinous a prononcé, en 1818, l'oraison funèbre du prince
de Condé, et il publia, dans le cours de la même année, un livre
sur les vrais principes de l'Église gallicane. Je ne dois pas me livrer à l'appréciation d'un tel ouvrage. Je me borne à dire que
dans une matière sur laquelle les esprits étaient fort animés,
M. Frayssinous, avec la prudence qui le caractérisait, fit, de ses
profondes connaissances, de sa science incontestable et de l'auto-

rité qu'elle devait lui donner, l'emploi qui pouvait être le plus utile au maintien de la paix dans l'Église et dans l'État.

L'oraison funèbre du prince de Condé lui avait fourni l'occasion de faire éclater la sagesse et la mesure qui le rendaient éminemment propre à traiter les sujets où tant de ménagements étaient nécessaires à garder entre des souvenirs trop facilement irritables.

On a retenu une des phrases que l'orateur prononça en cette occasion, et elle suffit pour donner une idée de l'art avec lequel, en disant toute la vérité, il parvint à surmonter cette difficulté.

A la suite d'un tableau énergiquement tracé des luttes où la valeur française s'était vue engagée sur tant de points à la fois, après avoir montré les prodiges qu'elle enfantait dans les départements de l'Ouest, où la guerre civile avait fait surgir tant d'héroïques courages, sur les rives étrangères où d'autres Français déployaient une valeur non moins grande en combattant pour une cause qu'ils regardaient comme sacrée, et enfin dans tant de contrées où l'éclat des prodigieux triomphes que ne cessaient de remporter les armées de la France, faisait l'étonnement et l'admiration de l'Europe : *Eh bien !* s'écriait-il, *la gloire à cette époque était partout, le bonheur n'était nulle part.* Et cette phrase, veuillez le remarquer, Messieurs, n'était pas seulement un heureux mouvement de l'art oratoire, c'était un jugement, c'était une belle, une utile leçon que l'histoire ne démentira pas et qu'elle exprimera difficilement en des termes plus heureux.

J'ai déjà parlé des honneurs qui ne manquèrent pas à M. Frayssinous; il ne les avait point cherchés; il les évita même aussi longtemps que cela lui fut possible, et aucun doute ne saurait exister sur la résistance qu'il opposa, en plusieurs circonstances, aux intentions bienveillantes que le roi Louis XVIII avait manifestées à son égard.

Cette résistance fut vaincue dans les derniers mois de 1821, et il accepta le titre de premier aumônier du Roi. Une fois entré dans la nouvelle carrière qui s'ouvrait devant lui, les pas qu'il y fit furent extrêmement rapides. Ce qu'il redoutait surtout dans l'épiscopat, c'était la charge d'âmes qui y était attachée. Cette difficulté fut levée en 1822 par sa nomination à l'évêché *in partibus* d'Hermopolis; dans le cours de cette même année, il fut grand maître de l'Université, l'Académie l'appela dans son sein, et la dignité de Pair lui fut conférée. Puis, enfin, le ministère des affaires ecclésiastiques qui venait d'être créé, fut, en 1824, confié à ses soins.

La vie du Prince qui avait réuni sur sa tête tant de hautes faveurs touchait alors à son terme, et le jour ne tarda pas à venir où le dernier hommage, celui qui devait se faire entendre sur les tombes de Saint-Denis, allait lui être rendu. L'accomplissement de ce pieux devoir fut confié à M. l'évêque d'Hermopolis. Et où était l'homme, en effet, qui, plus que lui, aussi bien que lui, aurait été pénétré des sentiments qui doivent inspirer l'orateur en une occasion aussi solennelle, lui qui n'avait quitté qu'à son dernier soupir le Prince qu'il allait célébrer, et dont les qualités avaient dû, en tant de circonstances, se révéler à ses yeux, dont la raison supérieure avait si souvent sympathisé avec la sienne?

L'honneur de prononcer l'oraison funèbre de Louis XVIII, de ce Roi qui n'a pas seulement donné la Charte, mais qui en a toujours tiré son premier titre de gloire, est donc encore échu à M. Frayssinous. La tâche était de beaucoup et plus belle et plus grande que celle dont il s'était acquitté, aux funérailles du prince de Condé, et elle le devait puissamment inspirer. Mais l'oraison funèbre, oserai-je le dire? a été élevée si haut par le génie de Bossuet, que les orateurs qui ont depuis abordé ce genre d'éloquence, quelque grands que fussent leurs talents, vaincus en quelque sorte à l'avance par la pensée d'une comparaison si redoutable, sont restés presque tous au-dessous d'eux-mêmes, et n'ont répondu qu'assez faiblement à l'attente qu'on avait pu concevoir en les voyant entrer dans cette lice. M. Frayssinous a-t-il été plus heureux? Après Massillon, après tant d'autres dont les noms tiennent dans l'histoire de la chaire une place si honorable, on pourrait en douter, sans que ce doute eût rien dont se dussent offenser ses admirateurs les plus dévoués.

Il parcourut avec soin, dans le discours qu'il prononça, toutes les périodes de la vie si traversée de Louis XVIII, et en fit sortir, pour chacune d'elles, les éloges qui lui étaient dus.

Ayant eu, dans la dernière de ces périodes, l'honneur d'être appelé trois fois aux conseils de ce Roi, dont le souvenir est profondément gravé dans mon cœur, vous me permettrez, Messieurs, de rappeler devant vous des paroles qui me paraissent empreintes d'un grand sentiment de justice, et que M. l'évêque d'Hermopolis fit entendre, au moment où il allait descendre de la chaire. Après avoir parlé de la durée du règne de Louis XVIII :

« Il vivra dans nos annales, ajouta-t-il, ce règne de dix années « qui vient de finir, et il y occupera une place glorieuse pour le « Monarque comme pour son peuple. »

L'avenir, j'aime à l'espérer, ne démentira pas cet augure.

Le successeur de Louis XVIII, le roi Charles X, continua à M. l'évêque d'Hermopolis toutes les marques de confiance qui lui avaient été précédemment accordées. Le ministère des affaires ecclésiastiques lui fut donc conservé ; de nombreux, d'imposants devoirs étaient attachés à cette éminente fonction ; mais le plus redoutable de tous, il l'a souvent exprimé, fut toujours à ses yeux celui de rechercher, pour les offrir au choix du Roi, les mérites qui lui paraissaient les plus dignes d'occuper les siéges épiscopaux. Il n'y a rien, on ne le sait que trop, où ne veuillent atteindre les ambitions humaines, où elles ne s'efforcent de pénétrer, et leur habileté est grande à faire valoir les titres qu'elles s'attribuent ; tout le monde est d'accord sur la fermeté avec laquelle M. Frayssinous repoussa toujours les motifs de préférence qui ne pouvaient pas être pesés au poids du sanctuaire. L'Église de France lui doit une notable partie des pontifes dont elle s'honore, et dont les vertus, dont les talents ne cessent pas de porter tant d'heureux fruits. Félicitons-nous de ce qu'un si bel exemple se continue sous nos yeux avec un soin si religieux, et rendons grâces à la puissante main qui ne permettra jamais que les dépositaires de son autorité s'égarent dans une autre voie.

Dans les luttes parlementaires où il se trouva engagé, la position de M. l'évêque d'Hermopolis dut subir les conditions que j'ai indiquées plus haut, lorsque je me suis permis de mettre en regard de la puissance exercée par l'orateur chrétien celle de l'orateur politique. Il eut à supporter de vives contradictions; il les surmonta plusieurs fois avec bonheur, mais ne parvint pas toujours à faire triompher ses opinions. Il eut au moins la satisfaction de voir la justice que ses adversaires les plus prononcés n'ont pas cessé de rendre à la pureté de ses motifs, à la loyauté de ses intentions.

Son élocution vive, animée, et où les raisonnements s'enchaînaient toujours avec une merveilleuse clarté, fut constamment admirée, et plusieurs de ses discours peuvent être donnés comme des modèles d'une puissante discussion, d'une habile dialectique. Je citerai entre autres avec pleine confiance ceux qu'il prononça devant la Chambre des Députés, en 1825 et 1826, au sujet des allocations portées dans le budget pour les dépenses du clergé.

Les exemples seraient difficiles à trouver d'un exposé aussi vrai, aussi habile, aussi puissant, des principes et des faits qui démontrent à quel point sont indispensables les secours que la religion prête, et qu'elle seule peut prêter à toutes les sociétés, à tous les gouvernements. Dans cette belle déduction, le langage du prêtre et du pontife s'allie merveilleusement bien à celui que le ministre doit tenir, et l'un et l'autre se prêtent un mutuel, un salutaire appui.

Dans le mouvement ministériel qui eut lieu au mois d'août 1829, M. l'évêque d'Hermopolis ne fut chargé que de la présentation aux titres ecclésiastiques, et c'était la seule part qu'il eût au maniement des affaires, lorsque survint en 1830 le grand événement qui allait soumettre la France à une nouvelle et difficile épreuve dont elle a triomphé cependant, et qui a témoigné encore une fois de sa force, de sa sagesse et de sa puissance. Il pensa bientôt après, que son rôle dans le monde politique ne devait pas se prolonger plus longtemps, et il renonça même à siéger dans la Chambre des Pairs. Comme il ne fut poussé à cette détermination par aucun sentiment passionné, elle n'altéra point la rectitude de jugement qui était l'un de ses attributs les plus distinctifs, et qui se retrouva tout entière dans une circonstance où ses conseils furent presque aussitôt invoqués sur une matière où ils devaient être d'un grand poids ; je ne hasarde rien en disant qu'ils eurent une très-salutaire influence sur des hommes appelés dans ce moment à occuper dans l'Église des positions fort importantes.

Il profita peu après de la liberté qu'il venait de recouvrer pour aller porter aux pieds du Saint-Père l'hommage de son respectueux dévouement ; et s'il dut à cette démarche de n'être pas resté complétement étranger à la direction qui fut alors imprimée aux affaires ecclésiastiques, on peut affirmer, sans crainte de se tromper, que la France n'a eu qu'à s'en féliciter.

Au retour de ce voyage, M. Frayssinous, n'aspirant plus qu'au repos, était allé, encore une fois, le chercher auprès du foyer de ses pères, et il ne pensait pas qu'aucun pouvoir, qu'aucun devoir, l'obligeât désormais à quitter une retraite où l'attachaient de chers souvenirs, et où il en rapportait de non moins précieux, que lui devait fournir la longue carrière, durant laquelle il avait si dignement rempli sa tâche d'homme et de chrétien, de citoyen et de prêtre. Mais l'heure n'était pas encore venue où il lui serait permis de ne plus penser qu'à lui-même, et dans la seule vue dont une âme comme la sienne pouvait être préoccupée.

Une invitation qu'il considéra comme un commandement devant lequel toute résistance était impossible, lui parvint dans le cours du mois de septembre 1833, et malgré de rudes atteintes qu'avait déjà reçues sa santé, il se mit en route pour Prague dès le mois d'octobre suivant.

J'arrive ici, Messieurs, à la plus imposante des questions qui puissent se rencontrer dans la route qu'il m'est ordonné de parcourir, mais, si je ne me trompe, à la plus belle aussi, à l'une de ces questions, enfin, sur lesquelles on aime à s'expliquer quand on parle devant des esprits aussi élevés que les vôtres. Je dois arrêter vos regards sur un des plus heureux progrès dont la civilisation moderne se puisse enorgueillir, et ce progrès, au grand honneur de notre pays, de l'esprit dont il est animé, du développement de ses institutions, de la force, de la sagesse du Gouvernement qui le régit, c'est la France qui en donne l'exemple. Pour montrer la valeur d'un tel service, pour en faire comprendre toute l'étendue, je n'aurai pas besoin de remettre sous vos yeux le douloureux spectacle des cruels emportements auxquels se sont livrées, toutes les fois que le pouvoir est tombé entre leurs mains, les démocraties révolutionnaires dont les passions, nous ne l'avons que trop éprouvé, ne connaissent aucun frein; il me suffira de reporter votre attention sur ce qui se passait à une époque qui n'est pas encore très-éloignée, dans un pays voisin dont la situation offrait de grandes analogies avec celle qu'a créée notre révolution de 1830; et ce pays, cependant, marchait dès lors au premier rang parmi ceux où les lumières de l'esprit brillaient avec éclat; la science du *gouvernement* y était surtout en grand honneur, et à fort bon droit, puisqu'elle avait déjà produit les belles combinaisons de pouvoirs qui, dans ce moment même, allaient s'affermissant, et dont l'heureuse application a porté si haut la puissance et la

(25)

gloire de la Grande-Bretagne. Eh bien, vous connaissez comme
moi, vous avez tous présents à la mémoire, cette succession de
bills et cet arsenal de lois, toutes plus impitoyables les unes que
les autres, qui furent alors mises en vigueur pour atteindre, dans
ce royaume, non pas seulement les actes de rébellion, mais jusqu'aux moindres traces de rapports avec la famille exilée. Souve-
nez-vous de ces paroles de Montesquieu : *Il est un pays,* dit-il, *où
l'action de boire à la santé d'un certain homme est punie de la peine
de mort,* et l'exécution de ces terribles lois n'a pas été de courte
durée, car elles n'ont commencé à sommeiller que sous le règne
de George III.

Maintenant regardez ce qui se passe autour de vous depuis plus
de douze années. Pas une loi spéciale n'a été rendue, aucune forme
de jugement n'a été réclamée en dehors du droit commun, aucune désignation nouvelle de crimes ou de délits, aucune extension
de peines, aucunes rigueurs inusitées n'ont été introduites en
raison des circonstances qui ont dû survenir. On n'a demandé
compte que des actes les plus éclatants entre ceux qui s'étaient pas-
sés à la lumière du plus grand jour. Toute liberté a été laissée aux
communications que motivait le besoin de satisfaire à des sentiments toujours respectables ; rien ne s'est opposé à ce que les témoignages d'intérêt et même d'attachement que pouvaient com-
mander d'honorables souvenirs, fussent ostensiblement portés à
d'illustres infortunes ; ainsi les effusions du cœur sont restées parfaitement libres, et aucuns des sentiments qui peuvent vivre dans
des âmes généreuses, n'ont été comprimés. La liberté d'aller,
de venir, a été constamment respectée ; elle l'a été au su de tout
le monde, sur toutes les routes où pouvaient être conduits ceux
qui s'y croyaient appelés par l'accomplissement d'un devoir, dont
ils sont restés les seuls juges, dont personne ne leur a contesté la
valeur.

Comparez Messieurs, puis jugez et rendez justice à votre

temps, à votre pays. Il a payé cher l'éducation qu'il a reçue et qui ne s'est accomplie qu'à travers tant de révolutions qu'il lui a fallu subir. Mais enfin, elle lui a bien profité, cette éducation, et la route où nous sommes entrés, j'ose croire, j'aime à prédire, que nous ne nous en détournerons jamais. Elle est la plus belle, puisqu'elle est la plus généreuse; elle est la plus sûre, parce qu'elle est la plus juste; on respecte toujours ce qu'on estime, et, pour qui sait le mériter, et pour qui sait se le concilier, le respect est un puissant auxiliaire. Mais cette route, à qui devons-nous, non-seulement de nous y être engagés, mais de nous y être maintenus avec une persévérance dont rien n'a pu nous détourner? La réponse à cette question, vous vous chargez tous de la faire, et votre pensée se porte aussitôt sur le Prince que sa destinée a fait monter au trône dans des circonstances que, seule peut-être, une habileté comme la sienne était capable de surmonter. Mais ce n'est pas cette habileté que je veux célébrer, je mets bien au-dessus les qualités d'un cœur qui a si parfaitement compris le seul moyen d'apaiser ce qui ne peut pas toujours être dompté, de désarmer ce qui a trop souvent bravé la puissance des plus redoutables lois, de pacifier enfin là où tant d'autres n'ont vu que la nécessité d'en venir aux plus cruelles extrémités, n'ont cherché que le moyen de triompher, quoi qu'il en pût coûter.

Pourquoi faut-il qu'une bonté si généreuse ne mette pas celui qui la ressent, et la pratique si dignement, à l'abri de ces terribles coups qui frappent et déchirent d'autant plus qu'ils s'adressent à des natures plus élevées, à des âmes d'élite?

Impénétrables décrets auxquels il faut bien se soumettre! mais pour s'incliner devant eux avec le respect qui leur est dû, combien est grand le besoin de se fier à l'éternelle justice dont ils émanent, et combien on serait malheureux de ne pas croire à ce trésor inépuisable de grâces, de récompenses, qui s'épanchent, quand il lui plaît, de sa main toute-puissante, et dont la meilleure part reviendra sans doute aux vertus qu'elle aura trouvé bon de soumettre aux plus rudes épreuves! Heureux et consolant espoir, auquel la France entière aime à se livrer!

Vous comprenez maintenant, Messieurs, et sans nulle difficulté, que je n'ai dû éprouver aucun embarras à vous parler du voyage de M. l'évêque d'Hermopolis en Allemagne. Les motifs qui l'y déterminèrent sont écrits dans les dernières pages qui viennent de vous être lues; j'ajoute que le devoir d'aller achever l'éducation religieuse d'un jeune prince, dont il avait béni le berceau, était de ceux sur lesquels il ne pouvait avoir aucune hésitation.

Ces paroles ne sont point prononcées, je me hâte de le dire, pour le justifier, car je ne m'en reconnais pas le droit, bien assuré qu'il n'a pas senti le besoin d'un tel secours et qu'il ne l'aurait pas accepté. Ce que je veux, c'est le faire connaître, c'est le faire apprécier autant qu'il dépend de moi. Une vie aussi laborieuse que la sienne avait nécessairement laissé de profondes traces, et quoique le nombre de ses années fût déjà considérable, le poids s'en faisait plus sentir que la force naturelle de sa constitution n'aurait dû le faire présager. Des accidents d'une dangereuse nature l'avaient déjà atteint; et quand il s'éloigna de sa patrie en 1833, l'espérance de la revoir ne lui était guère permise; il l'aimait chèrement, cette patrie, qu'allait-il donc chercher?

Vous m'accorderez sans peine que les rêves de l'ambition lui devaient être fort étrangers, et que les récompenses où il pouvait aspirer n'étaient pas de ce monde. Il y a satisfaction à penser que le bonheur de se retrouver en France ne lui a pas été refusé. Il y rentra à la fin de 1838, heureux de ce que le temps ne lui avait pas manqué pour satisfaire aux obligations qu'il s'était imposées.

Ses premiers pas s'étant dirigés sur la Capitale, le séjour qu'il y a fait et qui ne fut pas de très-longue durée, a été marqué par une circonstance dont l'intérêt me paraît assez grand pour qu'il ne soit pas hors de propos de vous la raconter.

Lorsque je vous ai parlé de la nomination en 1822 de M. Frayssinous à l'évêché *in partibus* d'Hermopolis, l'ordre des idées que je poursuivais ne m'a pas permis de m'arrêter sur un fait que vous allez apprécier.

Il fut sacré à Issy, et le premier usage qu'il fit en descendant de l'autel, des droits que l'épiscopat venait de lui conférer, eut lieu à l'occasion d'un jeune néophyte qui était, depuis quelque temps, l'objet de ses soins particuliers, qu'il tonsura, auquel il adressa de touchantes, de prophétiques paroles, et dont la vocation devait être bien prononcée, car il renonçait, pour la suivre, à une carrière où ses débuts avaient été marqués par de brillants succès : c'était l'abbé de Ravignan.

Et voilà qu'au mois de février 1839, monseigneur l'évêque d'Hermopolis, courbé sous le poids des années, mais toujours plein de cette vie qui se puise dans les plus hautes facultés de l'âme, est assis dans l'église de Notre-Dame en face de la chaire où va paraître l'orateur dont la voix, depuis que la sienne a cessé de se faire entendre, est en possession de remuer les âmes et d'entraîner les convictions avec une puissance qu'aucun autre peut-être n'exerce au même degré, et cet orateur qui semble avoir recueilli son héritage tout entier, c'est le néophyte d'Issy, c'est cet abbé de Ravignan auquel il imposait les mains en 1822. Son apostolat a décidément passé sur la tête de son disciple. Admirable succession, profitable à tout le monde, et où le bonheur de celui qui la recueille ne pourrait être surpassé que par le bonheur de celui qui l'a transmise.

Il serait difficile de dire quelle fut entre ces deux hommes si dignes l'un de l'autre, au moment où leurs yeux se rencontrèrent, l'émotion la plus vive; mais elle n'échappa à personne, cette émotion si naturelle, si touchante, et l'auditoire tout entier s'y associa; au moment surtout où M. de Ravignan laissa tomber quelques-unes de ces paroles que le talent ne produit pas, qui ne peuvent s'échapper que du cœur, et où la gratitude, où la piété filiale du disciple éclatèrent sans contrainte pour l'ancien maître qu'il ne craignit pas de saluer du doux nom de père.

Voilà de ces satisfactions, voilà de ces joies que la vie du monde ne donne pas, auxquelles elle ne saurait prétendre; mais sachons du moins les comprendre, et, en les mettant à toute leur valeur, les honorer comme nous le devons.

L'état de sa santé commandait à M. l'évêque d'Hermopolis des soins qui le ramenèrent, à la fin de 1839, dans le département de l'Aveyron.

A partir de cette époque, ses jours, jusqu'à celui qui a vu se terminer sa carrière, se sont tous écoulés dans ces paisibles lieux qui lui étaient restés si chers, où il avait toujours cherché un asile quand le besoin s'en était fait sentir.

Dire les marques d'attachement, de vénération dont il y fut entouré, et les soins qui jusqu'à son dernier moment lui ont été prodigués par la reconnaissance et par l'amitié, parler même de sa fin si exemplaire, si édifiante, si chrétienne, ce serait s'engager dans un récit où personne ne trouverait rien à apprendre; car qui pourrait supposer une autre issue à une telle carrière; à une telle existence un autre dénoûment?

Il est des deuils, nous ne le savons que trop, qui se portent dans le cœur longtemps encore après le jour où les signes extérieurs en sont effacés, et la ville de Rodez sera fidèle à la mémoire de celui qu'a causé dans son sein la perte de M. l'évêque d'Hermopolis. La pompe des funérailles auxquelles elle donna lieu fut rehaussée par le concours d'une population qui n'avait pas eu besoin d'être appelée, et qui se pressait à la suite d'un nombreux clergé accouru de toute l'étendue du diocèse et même des diocèses environnants. Dans cette foule et au milieu de tout ce qu'elle renfermait de plus considérable, quelques vieillards d'un extérieur bien simple, bien modeste, se faisaient cependant remarquer; c'était le reste de ces anciens paroissiens que M. Frayssinous avait, pendant de mémorables années, soutenus de ses conseils, instruits par ses exemples. Ils usaient du peu de force que l'âge leur avait laissé, pour apporter sur la tombe de l'évêque le pieux témoignage de leur reconnaissance pour l'humble vicaire qui leur avait été si secourable.

Ne penserez-vous pas, Messieurs, que ce rapprochement si naturel et si touchant est le meilleur résumé d'une vie où tant de devoirs si divers et si graves ont été, durant tant d'années, accomplis avec la persévérance d'un zèle qui a résisté à tant d'épreuves, et avec le succès qui était dû à un dévouement si complet?

PARIS, — IMPRIMERIE DE FIRMIN DIDOT FRÈRES,
Imprimeurs de l'Institut de France.

www.ingramcontent.com/pod-product-compliance
Ingram Content Group UK Ltd.
Pitfield, Milton Keynes, MK11 3LW, UK
UKHW020055080726
13614UKWH00005B/2003